XI. Bizkaldatz Txikia

HAUR ETA GAZTEEN LITERATURA SARIA

2024-2025

Bizkaia
foru aldundia
diputación foral

Antolatzailea: Euskara, Kultura eta Kirol Saila

Irudiak: María Altuna
Diseinua: Alex Oviedo

Lehenengo edizioa: 2025eko ekaina

LG BI 640-2025

ISBN 978-84-7752-757-2

www.bizkaia.eus/argitalpenak

XI. Bizkaldatz Txikia

HAUR ETA GAZTEEN LITERATURA SARIA

2024-2025

Borja Alonso Vaamonde

Zuhaitzaren desira

Irudiak: María Altuna

Bizkaia
foru aldundia
diputación foral

XI. BIZKAIDATZ TXIKIA 2024-2025
Haur eta Gazteen Literatura Saria

Hamaikagarren BizkaIdatz Txikia Literatura Sarian, euskarazko konta-kizunen modalitatean, Borja Alonso Vaamondek, Idoia Barrondo Etxe-bestek eta Idoia Carramiñana Mirandak osatutako epaimahaiak, Borja Alonso Vaamondek idatzitako "ZUHAITZAREN DESIRA" izeneko kontakizunaren jarraipena diren lan hauek saritzea erabaki du:

-HAUR kategoria,

Lehen Hezkuntzako 3. eta 4. ikasturteetako ikasleak (I. taldea):

NILE INTXAURBE JAUREGIZAR,

"ZUHAITZAREN DESIRA, JARRAIPENA"

izeneko kontakizunarekin.

Ikastetxe: Begoñazpi Ikastola (Bilbo). DLHko 3. maila.

-HAUR kategoria,

Lehen Hezkuntzako 5. eta 6. ikasturteetako ikasleak (II. taldea):

AMAIA CIRARDA TORREALDAY,

"MAITE ZAITUZTET" izeneko kontakizunarekin.

Ikastetxe: Lauro Ikastola (Loiu). DLHko 6. maila.

-GAZTE kategoria,

Bigarren Hezkuntzako 1. eta 2. ikasturteetako ikasleak (III. taldea).

PEIO TORRES CASTELLANOS,

"ZUHAITZAREN DESIRA" izeneko kontakizunarekin.

Ikastetxe: Itxaropena Ikastola (Trapagaran). DBHko 1. maila.

-GAZTE kategoria,

Bigarren Hezkuntzako 3. eta 4. ikasturteetako ikasleak (IV. taldea):

MAIALEN IZAOLA ARAGÓN,

"ZUHAITZAREN DESIRA" izeneko kontakizunarekin.

Ikastetxe: La Salle Bilbao (Bilbo). DBHko 3. maila.

Zuhaitzaren desira

Borja Alonso Vaamonde

Orain dela mendeak eta mendeak, azeriek, urtxintxek eta txoriek hitz egiten zekiten garaian, bazen zuhaitz handi bat mendi baten tontorrean. Ez zen, inondik inora, zuhaitz arrunta. Hosto urdinak zituen, ilargi itxurakoak, eta enborrean malko formako zulo bat zuen. Topatu zuten lehenengo gizakiak liluratuta geratu ziren, zuhaitz eder horren jatorria ulertu ezinik.

—Zer egiten du zuhaitz bakarti batek hemen erdian? —galdetu zuen batek.

Haiekin zegoen neskatxa batek malko itxurako zulotik burua sartu, eta enborra hutsik zegoela ikusi zuen.

—Zuhaitza hutsik dago! —iragarri zuen.

—Eta nola da posible bizirik egotea? —harritu ziren denak.

Neskatxaren amama aurreratu egin zen, eta eskua enborraren azalean jarrita, galdetu egin zuen:

—Zer zara, lagun?

Bat-batean, haizeak ahots bat ekarri zuen, urrunetik zetorren xuxurla moduko bat:

—Eskatu eta jaso —zioen ahotsak.

Emakumeak, atzera begira, bere lagunen aurpegi nekatuak eta itxura makala ikusi zituen. Aurpegia zulotik sartu, eta hala esan zuen:

—Gose gara, lagun.

Halako batean, zuhaitz-adarrak mugitzen hasi ziren: batzuk laburrago egiten ziren, beste batzuk luzeago, eta zuhaitza bera bihurritzen eta makurtzen hasi zen, ahalegin handia eginez bezala. Hostoak lore bihurtu ziren, eta loreak sagar. Haizeak berriro jo eta ehunaka sagar bota zituen lurrera. Miraria ikusita, gizakiek ulertu zuten hura ez zela zuhaitz arrunta. Izan ere, desirak ematen zituen! Hortaz, bertan ezartzea erabaki zuten, eta herri txiki bat eraiki zuten haren inguruan.

Herrixka hartan jaio zen Torki, istorio honen protagonista. Urte bat bete baino lehen, gurasoak galdu zituen istripu batean, eta orduz geroztik, beren semea balitz bezala maite zuten bi emakumek zaindu eta hezi zuten: Tara eta Ezti. Jakina, Torkik ez zien "Tara" eta "Ezti" deitzen, "ama" eta "amatxo" baizik.

Torkik ez zuen inoiz ezeren falta izan. Beti egon zen berarentzat zer jan, norekin jolastu, bere kezkak nori aitortu, eta nori laguntza eskatu, laguntza behar zuenean. Eta herriko ume guztiek bezala, bazuen urtean behin zuhaitzari eskari bat egiteko aukera. Desiraren eguna zen egun bereziaren izena, eta urtearen amaieran ospatzen zen beti, neguaren etorrerarekin batera. Ume guztiek ilara luze-luzea egiten zuten zuhaitzari nahi zutena eskatzeko. Arau bi baino ez zeuden: batetik, desirak ezin zion inori minik eman; eta bestetik, sekretupean gorde behar zen zuhaitzari eskatu arte, bestela ez zen beteko.

Ikustekoak ziren umeek eskatzen zituztenak! Behin, Kiruki izeneko mutiko batek ile urdina eskatu zuen, eta urtebetez ilea urdin ilun kolorekoa hazi zitzaion. Beste behin, Ortzidi izeneko neskatxa batek, Torkiren lagunak, otsoen modura ulu egiteko ahalmena eskatu zuen. Eta ez hori bakarrik, ilargi betearekin otsoekin desagertzen zen basoan, ilargiarentzat abesteko. Kondairak dio ahalmena galdutakoan ere, neskatxak otsoen laguna izaten jarraitu zuela.

Baina ez pentsa dena ondo ateratzen zenik, ez. Umeak irudimentsuak dira oso, eta ideia bikainak dituzten bezala, ideia izugarri txarrak ere bururatzen zaizkie. Bihur izeneko ume bati xelebrea iruditu zitzaion oina lurrean jartzen zuen bakoitzean puzker baten soinua ateratzea.

Dena den, hilabeteak falta ziren oraindik desiraren egunerako, eta Torkik denbora zuen berea ongi pentsatzeko. Bederatzi urte zituenez, huraxe izango zen bere azkena, eta tentuz erabaki behar zuen, berezia izan behar zuen eta.

Zer eskatu buruan bueltaka zeukala, ama gaixotu egin zen. Nekatuta sentitzen zen hasieran, baina ortuan gogor lan egitea maite zuenez, horixe baino ez zela pentsatu zuten: nekea. Handik gutxira, zoritxarrez, zorabioak ere hasi ziren. Behin, barazkiz betetako otzara eskuan etxera bueltan zihoala, orientazioa galdu eta lurrera erori zen, konortea galduta.

—Tara! —oihu egin zion Eztik, etxetik ikusi zuenak, eta harengana joan zen korrika—. Laztana! Ondo zaude? —lurretik altxatzen lagundu zuen.

—Bai, uste dut baietz —erantzun zion Tarak—. Zorabioa baino ez da izan, ez kezkatu.

Baina gero eta maizago zorabiatzen zen Tara, eta atseden hartzen bazuen ere, nekeak ez zuen bakean uzten. Denboraren poderioz, kasik ez zuen indarra ohetik bakarrik altxatzeko ere. Torki, Ezti eta lagun guztiak izugarri kezkatuta zeuden.

—Amatxo —galdetu zion behin Torkik Eztiri—, osatuko al da ama?— Baina, zer galdera da hori? Noski baietz!

Eztik besoen artean babestu zuen semea, lasaitzeko asmoz, baina bera ere beldur zen agian Tara ez zen sekula osatuko.

Kontuak kontu, ortuak nork landu behar zuen, eta Tara ondoez zegoenez, Torkik hartu zion lekukoa. Zorionez, hirukoteak lagun paregabeak zituen herrian, beti laguntzeko prest. Izugarrizko laguntza eman zioten familiari, bai ortuan, bai etxean. Hori ikusita, Tarak, egunak ohean ematen zituenak, jakin zuen kasurik txarrenean ere, bere Ezti eta Torki maiteak ez zirela bakarrik eta laguntza gabe geratuko.

Hilabeteak joan, hilabeteak etorri, astebete baino ez zen falta desiraren egunerako, eta Torkik zalantzarik gabe zekien zer eskatuko zion zuhaitzari: ama osatzea. Alabaina, bizitzak bueltak eta bueltak ematen ditu, eta gizakiok maiz aldatzen dugu ideia.

Ortzidi eta familia bisitan joan ziren Torkiren etxera, Tararentzako opari, sendabelar eta maitasunezko hitzekin, eta Torkik erreparatu zuen sekula erreparatu ez zuen zerbaiten. Ortzidiren ilea horia eta kizkurra zen, eta sudurra laburra eta biribildua. Hori amarengandik jaso zuen. Begiak, ordea, marroiak zituen, eta hori aitarengandik jaso zuen. Bere neba txikiak, ordea, ile marroia zuen, aita bezala, eta begi berdeak, amaren modura.

Torkik ama eta amatxo begiratu zituen: Tarak ile gorri eta leun-leuna zuen, azal zuria eta begi urdinak; Eztik, ordea, ile marroia zuen, azal iluna eta begi berdeak. Torkik ispiluan begiratu zuen bere burua: ile beltza eta begi marroiak zituen. Ama eta amatxorengandik ez zituen ezaugarri horiek jaso, eta ordura arte ez zen inoiz konturatu.

Asaldatuta, Torki korrika batean atera zen etxetik eta maldan behera desagertu zen, zuhaitzen artean. Ortzidi, bere lagun mina, bere atzetik joan zen, eta zuhaitz baten atzean aurkitu zuen eserita, negar malkotan. Besarkada beroa eman zion.

—Ez kezkatu, Torki, ziur ama sendatuko dela —saiatu zen animatzen—. Ez da nire ama —erantzun zion Torkik malko artean.

—Nola?

—Tara ez da nire ama. Nire ama aspaldian hil zen, Tara hilko den bezala.

—Ez esan hori! Tara ama duzu, eta ez da hilko. Eta berriro horrelakorik esaten baduzu zurekin haserretuko naiz, ulertzen?

Torkik Ortzidi besarkatu zuen, eta negarrez hasi zen berriro. Ortzidik gogor estutu zuen laguna. Batzuetan, gauzak argi ikusteko negar egin besterik ez dugu behar, eta neskatxak ondo zekien.

Torki gixajoarentzat, aldiz, ez zen hain erreza izan, eta ezin zuen burutik kendu ez Tara ez Ezti ez zirela, bere ustetan, bere benetako ama. "Nolakoak ote ziren nire gurasoak?" galdetzen zion maiz bere buruari, eta pentsatzen hasi zen beste ezer baino gehiago gustatuko litzaiokeela benetako gurasoak ezagutzea.

Desiraren eguna ailegatu zen. Tarak gaixorik jarraitzen zuen, Eztik mimo handiz zaintzen zuen, eta Torkik ez zuen ez batarekin ez bestearekin hitz egin nahi. Izugarri maite zituen, noski, baina beldur garenean askotan ez dakigu nola jokatu, eta horixe gertatzen zitzaion Torki gixajoari. Urtero bezala, umeak ilaran jarri ziren. Desirak sekretua izan behar zuenez, ahalegin izugarria egin zuten eskatuko zutena elkarri ez kontatzeko.

Ortzidi Torkiren aurrean zegoen ilaran, eta eskutik helduta egon ziren haien txandaren zain.

Ortzidirena ailegatu zenean, Torkiren eskua askatu, begiaz keinu egin zion eta burua sartu zuen malko itxurako zuloan. Minutu erdira edo, burua atera eta lekua utzi zion Torkiri.

Azkenik ailegatu zen bere txanda, eta oraindik ez zekien zer eskatu. Bihotzean pisu handia sentitzen zuen: Tara, semetzat hartu zuen eta izugarri maite zuen emakumea sendatzea eskatuko zuen, edo beharbada gurasoak ezagutzea nahiago izango zuen? Urduri, burua sartu zuen malko itxurako zulotik. Hala ere, ahoa zabaldu orduko, ahots sakon bat entzun zuen enborraren barnetik.

—Torki, ez eskatu ezer, momentuz. Oraingoan, nik eskatuko dizut zerbait.

Torkik ezin zuen sinetsi: zuhaitza berarekin ari zen! Umeak buruarekin baiezko keinua egin zuen, zorabiatuta eta urduri, baina entzuteko prest. Hauxe izan zen zuhaitzak eskatutakoa:

ZUHAITZAREN DESIRA, JARRAIPENA

NILE INTXAURBE JAUREGIZAR

—Torki, ez urduritu eta ez zaitez zorabiatu, mesedez. Ahalegina egingo dut zuretzat ona izan daitekeena ekartzeko, betiere bi baldintzak beteta: lehenengoa, desiraren bitartez inori minik ez egitea; bigarrena, desira inori ez kontatzea, niri, zuhaitzari, kontatu baino lehen.

Beraz, lasai. Lehenengo baldintza beteta daukazu: mesedegarria izango da zuretzat eta zure etxekoentzat. Bigarren baldintza ere bide onean dago: desira nik emango dudanez, ez duzu arriskurik beste inori kontatzeko, niri kontatu baino lehen.

Zuhaitzak bazekien Torkiren bizitza, nahiz eta zortzi urte izan, ez zela erraza izan. Lehenengo gurasoak galdu zituen istripu batean eta orain, ama galtzeko zorian zegoen. Zuhaitzak hori ikusita, Torkiri burua zuhaitzetik ateratzeko eta dena bere esku uzteko esan zion, eta gauean ekingo ziola berak pentsatuta zuena betetzen ahalegintzeari.

Torkik beldurtuta atera zuen burua zuhaitzetik. Bi desira zituen buruan, zuhaitzak hitz egin aurretik: lehenengoa, istripua izan aurretik izandako gurasoak ezagutzea. Beraz, gurasoak berpiztea eskatuko zion zuhaitzari; bigarrena, semetzat hartu zuen ama behin betiko osatzea. Torkik iluntze horretan beldurra baino ez zuen sentitzen, arriskuak ematen duena, desira handiak baitziren bereak. Hortaz, imajinatzen zuen zuhaitzak bere pentsamendua irakurri eta bere desiren berria izango zuela, baina ezinezkoa izango zela desirak betetzea. Hiru aukera zeuden: lehenengoa betetzea, baina bigarrena ez; bigarrena betetzea, baina lehenengoa ez eta, azkena, bakar bat ere ez betetzea. Laugarrena, bi desirak betetzea ere ez zitzaion okurritu egin Torkiri.

Orduan mutikoari etxera bueltatzea bururatu zitzaion. Aldi berean, etxera joan nahi zuen eta ez zuen joan nahi: ama ikusi nahi zuen, baina ez zuen ama gaixorik ikusi nahi. Gose ere bazen eta afaltzeko ordua ere heldu zen. Eztik, Torki sartu bezain laster, besarkatu egin zuen eta ea gose zen galdetu zion. Tara, ama, ohean zegoen, berotan. Eztik, Tara eta Torki buruan izanda, zopa eta arrain egosia prestatu zituen afaltzeko. Zopa Torkiren janari gogokoena zen: fideoena, izarrena, arrain-zopa... Eta aproposa zen Tara osatzen saiatzeko. Arrain egosia ere sarritan jartzen zuten gaixoaldietan eta, hala ere, Torkiri asko gustatzen zitzaion.

Torkik platera hutsik utzi zuen eta, hortzak garbitu ondoren, ohera abiatu zen. Tripa goraino beteta zuen, baina hutsik sentitzen zuen, arduratuta zegoelako. Berak uste zuen asko kostatuko zitzaiola lokartzea eta lo egitea, baina, emozioaren emozioz oso nekatuta zegoenez, azkar lokartu zen.

Hurrengo goizean, Torki bakarrik esnatu eta sukaldera abiatu zen. Bertan Ezti zegoen etxeko guztientzat gosaria prestatzen. Esne beroa gustuko zuten, laranja-zukua, fruta eta arrautza frijitu bana. Torki inoiz baino bizkorrago eta pozago altatu zen ohetik eta Estik, hori ikusita, zergatia galdetu zion. Torkik azaldu zion bazekiela bere jatorrizko gurasoak istripuz hil zirela, bera oso txikia zenean, eta ordutik Esti eta Tara zirela bere benetako gurasoak. Ezti larritu egin zen, aurretik ez berak, ez Tarak, ez ziotelako sekula horri buruz hitz egin semeari. Hala ere, barkamena eskatzearekin batera, baieztatu egin zion Torkiri berak emandako informazioa. Harrigarria iruditu zitzaion Estiri Torki, hori guztia jakinda, horren pozik egotea, eta Torkiri utzi zion hitz egiten. Berak esandakoaren arabera, gauez gurasoek azaldu zioten ametsetan: amak Ane zuen izena eta aitak, Eneko. Ama ilegorria zen eta begi urdinak zituen, hain zuzen ere, Torkik bezalaxe. Azala, biek, elurra baino zuriagoa zuten eta oreztaz beteta. Aitak ile beltza zuen eta oso altua zen. Horregatik zen

Torki bere adinekoak baino altuagoa. Ama, Ane, medikua izan zen eta aita, Eneko, dendaria: gozokiak saltzen zituen herriko guztientzat. Luzaro egon zen Torki gauean zehar, ametsetan, jatorrizko gurasoekin hitz egiten. Galdera asko egin zizkien Ane eta Enekori, baina bere aspaldiko ardura zein zen kontatu zien; alegia, bere benetako ama, Tara, gaixorik zegoela eta ez zutela sendabiderik aurkitzen. Anek, medikua izanda, Torkiri esan zion ahalegindu egingo zela Tara osatzen eta ametsean bertan Anek ihes egin zuen Tararen logelara. Tara lo eta ahul zegoen. la-ia ezinezkoa zen hainbeste izara eta mantaren artean Tara ikustea. Ane gaixoen artean ibiltzen ohituta zegoenez, Tararen ilea eta eskua ikusi zituen. Ane Tararen ohe-ertzean eseri zen eta mina non zuen galdetu zion. Gorputz guztia omen zuen minduta eskuekin adierazi zionez, ez baitzen berba egiteko gai.

Anek eta Tarak eskuetatik hartuta igaro zituzten hurrengo minutuak, eta Torkiren eta Enekoren albora bueltatu zen Ane, Tara berriz izara eta mantekin estali ondoren. Torkirekin hitz egiten egon ziren Eneko eta Ane, harik eta Torki agurtu, estu eta ametsetik esnatu zen arte.

Horraino lehenengo desira betetzeari buruzkoa. Torkik, ametsetan bada ere, lortu egin zuen bere jatorrizko gurasoak ezagutzea eta besarkatzea. Ikusteko zegoen ea bigarren desira beteko ote zen. Estirekin sukaldean gosaltzen zegoela, arrautza frijitua ahoan zuela, nor agertuko sukaldean? Tara zen eta, ikusitakoak ikusita, bera bakarrik etorri zen bere logelatik

sukalderaino oinez. Harrigarria zen! Miraria! Nola lortu zuen! Inork ezin zuen ulertu gertatzen ari zena.

Torki zen bakarra gertatutakoa zuhaitzaren bigarren desira-rekin lotzen zuena. Ezetz jakin zer egin zuen Tarak? Mahaian eseri eta, aspaldian ez bezala, laranja- zukua, esne beroa, fruta eta arrautza frijitua jan zituen. Irentsi, hobeto esanda.

Torkik ez zekien zenbat iraungo zuen amaren osasunaldiak, baina irribarre bihurria ahoan zuela hartu zuen kalerako bidea. Zuhaitzak bere partez eskatu zituen bi desira eta biak beteta zeuden, Torkik sekula pentsatu ez bezala. Irribarrez utzi zituen etxean Tara eta Esti, ama eta amatxo, elkarrekin gosaldu ondo-ren, ibilaldi txiki baterako prestatzeko asmoz. Magia existitzen da: natura bera da magikoa! ●

MAITE ZAITUZTET

AMAIA CIRARDA TORREALDAY

—Egon lasai, zaindu zure ama eta zintzo jokatu zure lagunekin, haiek izango baitira gehien lagunduko zaituztenak —esan zuen ahots leun eta goxo hark.

—Baina, baina, eta Tara zer? Gaixo darama hilabete batzuk eta ez dut uste bat-batean sendatuko denik, beti egon baikara bere ondoan laguntzen eta…

—Zu lasai, lasai, lasai… —berriro ere zioen haizearen pareko ahots leun eta goxo hark.

Torki, harrituta eta aldi berean zalantzan, zuhaitzaren zulotik burua atera eta zuzenean etxerantz abiatu zen, burumakur, bere azken desioa eskatu ez zuelako; baina aldi berean itxaropentsu, bere ama sendatuko ote zen zalantzarekin baitzegoen.

Momentu horretan konturatu zen ez ziotela inoiz esan nondik zetorren eta beharbada horrek lotura izango zuela bere guraso biologikoekin. Ortzidi, atzetik etorri zitzaion korrika eta zera galdetu zion:

—Uste duzu zure desira beteko dela Torki?

—Ez dakit baina orain lagundu egin behar didazu —esan zion Ortzidiri segurtasunez—. Jarraitu niri.

Biak batera, kanposanturantz jo zuten, bere gurasoen hilobia bazegoen ikusteko. Denbora pasata, mendira igo ziren lasaitzera. Mendia zen Torkik eta Ortzidik maite zuten lekua. Bertan lasai egoten ziren, txorien txorrotxioak eta intsektu bakoitzaren soinu bitxia entzuten, haize fin-fin batek nola zuhaitzen hostoak lurrera gutxinaka erortzea eragiten zuen mugimendu lasaigarri hura ikusten, urrunean ikusten zen ilunabar politaz gozatzen,… Han dena zen perfektua haientzat. Bertan bururatzen zitzaizkien jolasik hoberenak, ideiarik txoroenak, haiek asmaturiko kanturik barregarrienak,… Bat-batean, Torkik lehenago ikusi ez zuten bidexka bat ikusi zuen eta bidexka hori non amaitzen zen susmoa sartu zitzaion.

—Begira Ortzidi!! Ez dugu inoiz bidexka txiki hau ikusi. Joango ahal gara aztertzera ea hor behean zer dagoen?

—Torki arriskuan sar gaitezke. Ez badugu inoiz inor ikusi honantz etortzen arrazoi batengatik izango da.

—Ez dakit nik… Hala ere, zerbait interesgarria aurki dezakegu bertan. Goazen!

Ortzidi zalantzan eta Torki gogotsu, bidexka horretatik beherantz egin zuten. Bertara heltzerakoan espero ez zuten zerbait ikusi zuten: belartza marroixka bat, adreilu zati asko sakabanatuta, leiho puskatuak, zuhaitzak erreta, animaliak hilda… Eta Torki eta Ortzidiri arreta gehien deitu ziena pertsona batzuen gorpuak ziren.

—Torki, susmo txarra hartzen diot honi. Goazen hemendik!

—Itxaron Ortzidi. Begira honi.

—Zer da?

—Nik daukadan eraztunaren sinbolo berdina dauka gorpu honen belarritakoak.

—Egia da! Zuk uste duzu…

—Ez dakit baina uste dut nire ama eta amatxori kontatzeko ordua iritsi dela.

Torkiren etxean…

—Ama, amatxo, gaur mendian ibili gara eta… Gorpu batzuk aurkitu ditugu. —Tara eta Ezti harrituta geratu ziren—. Eta kasualitatez bertako gorpu baten belarritakoek nik daukadan eraztunaren sinbolo berbera daukate. Horrek nire guraso biologikoekin zerikusirik du?

—Begira Torki, uste dugu zuri egia osoa esateko unea iritsi dela. Herri honetan, duela ia hamar urte, auzokoen artean gatazka bat egon zen. Nekazariek ez zuten diru nahikoa irabazten eta udaletxera joan ziren eta manifestazio bat egin zuten. Izugarrizko zalaparta egin zuten, umeek negarrez amaitzeko beste.

Udaletxekoek onartu zuten ez zietela diru nahikoa ordaintzen eta momentu horretatik aurrera desberdina izango zela. Baina haiek lastargiekin, pankarta erraldoiekin eta garrasiekin gero eta zalaparta handiagoa sorrarazi zuten herrian. Udaletxekoak nekaturik kalera irten eta zalapartagatik kexatzen hasi ziren eta gutxinaka-gutxinaka mendirantz hurbiltzen joan ziren. Behin mendian, elkarrekin lastargiak jaurtitzen hasi ziren, sute bat egon zen arte. Zure gurasoak zinegotziak zirenez, bertara joan ziren eta zu gurekin utzi zintuzten, garai hartan zure zaintzaileak ginelako. Eta konturatu orduko mendia txinpartez eta suz josita zegoen eta nola ez bertako pertsonak hilda, baita zure gurasoak ere. Beraz, erabaki genuen zure legezko tutore bihurtzea zu adingabea izateari utzi arte.

Torkik ez zekien zer esan eta negarra ezkutaturik hauxe esan zuen:

—Eskertzen dizuet egia kontatu izana —eta korrika alde egin zuen negar egiteko gogoz.

—Torki, Torki! —Ortzidi zen, bere atzetik segika zuen—. Ondo zaude lagun?

—Ba egia esan ez dakit ondo nagoen Ortzidi: nire ama Tara, gaixo dago eta nahiz eta nire amatxo Eztik esan sendatuko dela, okerrerantz doa egunez egun eta oso kezkatuta nago. Baina nire gurasoak ezagutzeko aukera izango banu…

—Torki, entzun. Zure ama eta amatxo oso harro daude zutaz, maite zaituzten lagunak dituzu eta zure amari maitasun asko

eman eta atseden hartzen uzten baduzu, noski sendatuko dela. Ah, eta esan duzun hori txarrerantz doala ez da egia, gutxinaka ohetik altxatzen eta baita sukaldatzen hasi da ere. Galdera bat egingo dizut Torki. Zuk uste duzu zure ama eta amatxok maite zaituztela?

—Noski baietz, ezta?

—Eta uste duzu noizbait kale gorrian abandonaturik utziko zaituztela?

—Ez.

—Orduan, zergatik nahi dituzu zure gurasoak ezagutu?

—Entzun Ortzidi bada esan ez dizudan zerbait. Nik ez nion zuhaitzari ezer eskatu, berak eskatu zuen nigatik eta esan zidan lasai egoteko.

—Benetan zuhaitzak hitz egin zizula? Uste nuen gezurrezko kondaira bat zela! Ze fuerte! Eta zer egingo duzu?

—Ba momentuz zuhaitzatengana jo eta desira eskatuko dut. Nire ama guztiz sendatzeko desira eskatuko dut eta kito. Ulertu dut azken batean nire gurasoek bizirik jarraituko bazuten ez ni-tuzke Tara eta Ezti horrenbeste ezagutu eta maitatuko. Eta axo-la ez bazaizu, bakarrik joatea gustatuko litzaidake, nik bakarrik konpon dezaket hau.

—Ongi iruditzen zait. Zorte on!

Zuhaitzean…

—Kaixo? Ba al dago norbait hor? —galdetu zuen Torkik burua zuhaitzaren malko itxurako zuloan sartuta.

—Huts egin didazu Torki. Mendeetan zehar ezkutuan izan dudan sekretua kontatu duzu. Gainera ez zara lasai geratu eta biok badakigu zure barneko lekutxo batean oso minduta zaudela zure gurasoen heriotzagatik. Horrexegatik hain zuzen ere ez nuen zutaz jakiterik nahi —esan zuen ahots leun hark, haizearen parekoa zen xuxurla hura.

—Zuk bazenekien eta ez zenidan ezer esan nik neukan jakinmina eta gero!

—Hori ez da kontua, lehenago edo beranduago nire identitatea deskubritu dezakete eta ezin izango ditut desira gehiago eman. Eta gainera, zuk urte batzuk pasata depresioa izango duzu, gaixotasun batek oso ahul bihurtzen zaituelako eta bizitza osoa pasa dezakezu triste, goibelduta, eta suizidatzen ere saia zaitezke, ezer ez egiteko gai zarelako pentsa dezakezulako. Beraz, hau da egin dezakedan gauza bakarra, barkatu.

Eta bat-batean lurrikara erraldoia hasi zen; ez zen gelditzen eta etxeak elkarren atzetik jausten hasi ziren. Ez zituen Tara eta Ezti ikusten, baina urrunean ahots bat entzun zuen, kez gainezka zegoen baina ahotsa nondik zetorren entzuteko gai zen:

—Torki! Lagundu! Torki! Ez nazazu bakarrik utzi!! Tor… —eta ahotsa bat-batean joan zen.

—Ez, ez, ez! Ortzidi! Ortzidi! —oihu egin zuen negar zotinka Torkik—. Barkatu zuhaitza, barkatu! Ez dizut gehiago hutsik egingo baina bete ezazu desira hau mesedez! Beti lagunekin eta familiarekin egon nahi dut haien maitasuna sentituz! —eta lurrak Torki lurperatu zuen, herria hankaz gora utziz.

—Ez!

—Torki, Torki, esnatu. Ondo zaude? Izerdi patsetan zaude.

—Non nago? Ortzidi? Tara? Ezti? Zuhaitza? Nire desira? Herria?

—Dena ondo dago, ez kezkatu. Hiru egun daramazu lotan gelditu gabe— esan zuen ahots goxo batek.

—Kolpe handia hartu zenuen buruan eta horregatik zaude horrela —esan zuen beste ahots ezagun batek.

Begiak ireki eta horrela ulertu zuen dena. Denak zeuden bertan. Tara, Ezti, auzokoak, Ortzidi, eskolako lagunak, haien familiak… Hatzari begiratu zion eraztuna bazuen egiaztatzeko. Baina ez zegoen eraztunaren arrastorik! Ortzidi, Tara eta Eztiri galdegin zien eraztunagatik baina haiek ez zuten ezer ulertzen: "ze eraztun?" galdetu zioten behin eta berriz.

—Dena amesgaizto bat izan da Torki —esan zion Ortzidik.

"Eskerrak!", pentsatu zuen Torkik eta hau esan zuen:

—MAITE ZAITUZTET.

Une horretan ulertu zuen ez zela beharrezkoa bere guraso biologikoak ezagutzea, ezta desira bat eskatzea ere, bazeukan garrantzitsuena: MAITE ZUEN JENDEA. ●

Gazte kategoria,
Bigarren Hezkuntzako
1. eta 2. ikasturteetako ikasleak (III. taldea)

ZUHAITZAREN DESIRA

PEIO TORRES CASTELLANOS

—**T**orki, zure desirarekin seguru ez zaudela sentitzen dut eta ezin dut zalantzan duzun desio bat bete. Buruan dituzun bi nahien artean bakarrik bat aukeratu behar duzu. Eta erabaki hori zurea da eta ez beste inorena.

Torki etxera joan zen eta ohean sartu zen berehala. Lasaitu behar zen hala edo nola eta bi pentsamendu besterik ez zuen buruan: bere amatxo oso garrantzitsua zela eta izugarri maite zuela baina bere gurasoak ezagutzea ere ezinbestekoa zela. Zein desio aukeratuko zuen burutik kentzeko asmoarekin lokartu zen, baina guztiz kontrakoa gertatu zitzaion Torkiri gau hartan. Ez zen erlaxatzen, urduri zegoen eta milaka amets gaizto izan zuen.

Amets gaizto guztietatik bat sartu zitzaion buruan: "Ametsean bere desioa eskatzea tokatzen zitzaion eta ez zekien zein hautatu. Oso urduri zegoen eta zuhaitzak esaten zion azkenean ezin zuela desiorik aukeratu". Momentu horretan ametsetik esnatu zen izerditan eta bere buruari errepikatu zion:

—Lasai, lasai, amets gaizto bat bakarrik zen, trankil egon Torki.

Hurrengo egunetan, Torkik bizitza normala egin zuen baina ezin zuen burutik kendu amets gaiztoa. Azkenean, etsita, zuhaitzarengana joan zen eta honela esan zion:

—Ai ene zuhaitz maitea! Emaidazu zerbait amets gaizto hau nire burutik kendu ahal izateko, mesedez!

—Torki gizajoa, ezin dizut ezer eman baimenik ez dudalako eta egiten badut, Zuhaitz Hiztunen Ministerioak automatikoki kaleratuko nindukelako. Baina aholku bat eman ahal dizut: basora joan, sendabelarren bila eta bueltan niregana etorri. Egin behar duzuna jakingo duzu.

Torki basora joan zen sendabelarren bila zuhaitzaren aholkua jarraituz eta hobeto sentitzeko beharrarekin.

Baso hasieran, oraindik baso-pinuen sakonera eta lainora sartu gabe, putzu batean ilea orrazten zegoen emakume bitxi batekin topo egin zuen. Oso polita zen eta ile hori luzea zeukan baina ahate oinak zituen. Torki ikaratu egin zen hasieran, baina korrika ateratzera zihoanean, emakumeak hauxe esan zion:

—Ez joan, ez joan! Lamia bat naiz eta ez dizut ezer txarrik

egingo. Badakit zertara eta zergatik etorri zaren, lagungarria izan naiteke.

Hala ere, hori entzun eta gero, Torki ez zegoen batere konbentzituta. Lamiak hori ikustean berriro errepikatu zion:

—Mesedez, ez joan eta niri entzun. Benetan lagungarria izan naitekeela. Sinestu, mesedez! Zure desioarena dakit eta aholku bat baino gehiago eman ahal dizut!

Torkik, hori entzun zuen momentuan, buelta eman zuen eta ahots baxu eta leunarekin galdetu zion:

—Benetan? Eta zuk nola dakizu hori?

—Hori ez da zure kontua, nire kontaktuak ditut.

Torki bere alboan eseri zen eta Lamiak horrela esan zion:

—Nik, zu izango banintz, zure bihotzaren barruan dagoen ahotsari entzungo nioke eta ahotsak esaten dizuna egingo nuke. Zuk pentsatu behar duzu eta zure buruari galdetu: "nork zaindu nau txiki-txikia nintzenetik bakarrik geratu nintzenean?".

—Ez dizut ezer esan, baina dena esan dizut —esan zuen Lamiak ahots doinu harrotsuarekin.

Torkik eskerrak eman zizkion Lamiari, agurtu zuen eta bere bidearekin jarraitu zuen Lamia zegoen putzua atzean utzita. Hamabost minutu pasa ondoren, kobazulo baten sarreratik pasatu zen eta artalde baten zarata entzun zuen baina ez zion kasu handirik egin, basoan ardiak askotan ikusten baitira. Bat-batean, gutxien espero zuenean gizon handi bat begi bakar batekin agertu zen ardien artean. Hurbiltzen zela ikustean korrika hasi zen izututa. Erraldoia bere atzetik joan zen eta ahots ozen batekin oihu egin zion:

—Ez joan, ez joan! Tartalo naiz eta ez dizut ezer txarrik egingo. Badakit zertara eta zergatik etorri zaren, lagungarria izan naiteke.

Hala ere, Torki, hori entzun eta gero ez zegoen batere konbentzituta eta Tartalo hori ikustean berriro ere errepikatu zuen ozenki:

—Mesedez, ez joan eta niri entzun. Benetan lagungarria izan naitekeela. Sinestu, mesedez!

—Zure desioarena dakit eta aholku bat baino gehiago eman ahal dizut!

Hitz horiek ezagunak egin zitzaizkion Torkiri. Mutikoak azkar bira eman eta zalantzazko ahotsarekin galdetu zion:

—Benetan? Ezin izango zizun Lamiak esan, ezta?

Tartalok ahots sinesgarri batez eta tontoarena egiten esan zuen:

—Ez, ez dut Lamia izeneko pertsonarik ezagutzen.

—Eta orduan nola dakizu? —galdetu zion Torkik zalantzaz. Tartalo, hori entzutean urduritzen hasi zen eta totelka esan zion:

—Hori ez da zure kontua, nire kontaktuak ditut.

Tartalok Torki gonbidatu zuen bere kobazuloan sartzera. Bazkaria prestatzen zegoen eta ez zuen oso ondo usaintzen. Aholkuak entzun nahi zituen eta hortik lehenbailehen irten.

Orduan begi bakarreko gizonak honela esan zion:

—Begira Torki, gauza bi esan nahi dizut: egia ez da bakarrik begiekin ikusten dena, bihotzarekin ere argi eta garbi ikus ditzakegu egiak. Eta eskerrak! Nik begi potroso honekin oso gutxi ikusten dut eta. Eta beste alde batetik ez duzula inorekin fidatu behar, nahiz eta jator eta eskuzabala iruditu, ezagutzen ez baduzu.

Eta bat-batean, Tartalok besoa luzatu zuen mutikoa harrapatzeko asmoz. Torki, Tartaloren intentzioa ikusita, korrika hasi zen beldurtuta hortik ihes egiteko. Azkenean, gizon handi eta potoloa nekatu egin zen eta Torkik bistatik galdu zuen.

Umeak bere bidearekin jarraitu zuen basoaren eremu ilun eta lainotsu batean sartuz.

Torki apur bat ikaratuta zegoen baina ausartarena egin zuen. Aurrerago heltzean, bere bizitza osoan ikusten zuen zuhaitzik handiena ikusi zuen eta atzeko partetik arrausi baten zarata entzun zuen. Ezin zuen sinestu! Hiru metroko gizon barbadun bat agertu zen. Torki hasieran paralizatuta geratu zen eta gero nonbaiten izkutatu behar zuela pentsatu zuen.

Gizona bere atzetik korrika hasi zen eta ahots larri batekin oihu egin zion:

—Ez joan, ez joan! Basajaun naiz eta ez dizut ezer txarrik egingo. Badakit zertara eta zergatik etorri zaren, lagungarria izan naiteke.

Hala ere, hori entzun eta gero Torki ez zegoen batere konbentzituta.

Basajaun hori ikustean berriro ere errepikatu zuen ozenki:

—Mesedez, ez joan eta niri entzun. Benetan lagungarria izan naitekeela. Sinestu, mesedez! Zure desioarena dakit eta aholku bat baino gehiago eman ahal dizut!

Esaldi hura berriro! Umeak buelta eman zuen eta zalantzazko ahotsarekin galdetu zion:

—Benetan? Ezin izango zizun Tartalok esan, ezta?

Basajaun ahots sinesgarri batez eta tontoarena egiten esan zion:

—Ez, ez dut Tartalo izeneko pertsonarik ezagutzen. Hortik esaten dute Tartalok jendea jaten duela, beraz, kontuz ibili!

—Eta orduan, nola dakizu? —galdetu zuen Torkik zalantzaz.

Basajaun hori entzutean urduritzen hasi zen eta guztiz gorrituta esan zion:

—Hori ez da zure kontua, nire kontaktuak ditut.

Basajaunek bere zuhaitz-etxera gidatu zuen Torki, eta han kamomila batera gonbidatu zuen, aholku pare bat ematen zion bitartean. Ez zen etxe hori oso leku erosoa eta Basajaunek prestatzen ari zitzaion kamomila ez zeukan oso itxura ona baina aholkuak behar zituen, Beraz, Basajaun hitz egin arte itxaron zuen. Gizon handi baina bihotz oneko hark zera esan zion:

—Bederatzi urte duzu jada eta badakizu bizitzan mota guztietako gauzak gertatzen direla. Batzuk onak eta beste batzuk ez hainbeste, batzuk alaiak eta beste batzuk tristeak baina beti, beti, esker oneko pertsona izan behar zara. Eta gauzak gertatu diren moduan onartu. Ah! eta ez ahaztu: ona eta atsegina izatea da eman ahal duzun oparirik onena.

Torki zuhaitz etxe horretatik atera zen eta ez zekien zergatik baina lasaiago sentitzen zen. Agian kamomilaren eragina zen edo entzundako aholku guztien ondorioa, baina ordurako ez zuen gogoratzen zeren bila joan zen basora. Hala ere, oso garbi ikusten zuen zein zen eskatiko zuen desioa.

Poz pozik zuhaitzarengana joan zen eta halaxe esan zion:

—Eskerrik asko basora bidaltzeagatik. Asko lagundu didazu eta gauza asko ikasi dut. Orain bai, orain badakit zein izango den nire desioa eta badakizu zergatik?

—Ezer ez nuenean Tarak eta Eztik dena eman zidatelako. Egia ez delako bakarrik begiekin ikusten, bihotzarekin ere bai. Besteek pentsatzen dutenari ez diodalako kasu handirik egin behar. Baina batez ere, nire desioarekin nik gehien maite ditudan pertsonak zoriontsu izatea lortu nahi dudalako. Beraz, mesedez, sendatuko duzu nire amatxo Tara?

—Torki, hau inoiz eskatu didaten desiorik politena da —esan zion zuhaitz magikoak. Nik ere zoriontsu sentitzea lortu duzu. Bihartik aurrera Tara hobetzen hasiko da. Baina amaitzeko, nik ere zeozer esan nahi dizut: maite izan ditugun pertsonak hiltzen direnean ez dira betirako hiltzen bere parte bat gure bihotzean eramaten dugulako beti. ●

ZUHAITZAREN DESIRA

MAIALEN IZAOLA ARAGÓN

—Torki, bizi ezazu orainaldia ahal duzun gogo guztiarekin, hori da zuri eskatzen dizudana. Torki maitea, zu, beste umeak bezala, behatzen ari izan naiz duela urte mordotik, zuen portaera ikusten, desirak nola erabiltzen dituzuen ikusten eta etxean zintzoak zaretela ikusten.

Zuhaitzak etenaldi labur bat egin zuen. Torkik ondo ireki zituen belarriak zuhaitzak esango ziona ondo entzuteko.

—Beharbada ez zara konturatu baina heldu zara eta zure portaeran asko nabaritu dut. Ama gaixorik egon den bitartean asko lagundu duzu ortuan eta etxean, eta Tara ondo zaindu duzu. Ulertzen dut bera sendatzeko duzun desira handia, baina hori ez da sentitu dudan gurari bakarra niregana hurbildu zarenean. Duela gutxi konturatu zara Tara eta Ezti ez direla zure guraso biologikoak, eta ez duzula haien antzarik. Zure buruari zure guraso biologikoak nolakoak ziren galdetu diozu etengabe azken egun hauetan, eta haiek ezagutzeko dituzun gogoak ulertzen ditut ere; azken finean, nik ez ditut nire gurasoak ezagutzen.

—Eta zergatik ez dituzu zure gurasoak berriro ikusten? —galdetu zion Torkik jakin-minez.

—Badakizunez, ni desiren zuhaitza naiz eta edozein gurari eman dezaket, baina badaukat sekretutxo bat, beste inork ez dakiena: nik ezin ditut hildakoak berpiztu. Nik ezin ditut pertsonak hil, berpiztu ezin ditudan bezala. Hori bizitzaren iraganbidea da eta ezin du inork aldatu, ez zuk, ezta nik. Horregatik eskatzen dizut orainaldia bizitzeko, oraintxe bertan gertatzen ari denaren oroitzapenak izateko. Iraganaz pentsatzen igarotzen baduzu bizi osoa, orainaldiaz ahaztuko zara eta ez zara ganoraz biziko, harrapatuta geratuko zara iraganean.

Torkik ulertu zuen zuhaitzak esan nahi ziona.

—Badakit Tara asko maite duzula eta bera sendatzea zure guraria dela, baina zure guraso biologikoekiko duzun jakin-min horrek ez dizu guraria eskatzen uzten —esan zion desiren zuhaitzak—. Nik Tara senda dezaket hori zure desira bada edo zure guraso biologikoen oroitzapen batzuk erakutsi ahal dizkizut nahi baduzu. Erabaki oso zaila da zuk hartu behar duzuna

Torki, eta horregatik, zu salbuespen bat izango zara. Aurten bi gurari emango dizkizut zure benetako desirak ez direlako ume-keriak: Tara, zure amatxo maitea sendatuko dut, eta zure guraso biologikoak ezagutzen lagunduko dizut. Fabore honen truke le-hen eskatutakoa egin beharko duzu. Norbaiti zure antzeko de-sira bat eman diodanean, etengabe inork erantzun ezin zizkion galderak galdetu dizkio bere buruari: "Eta hau egin ez banu?" edo "Zer gertatu izango zen beste hau egin banu?". Ez dut nahi zuk egunak honela pasatzea, gazteegia baitzara denbora alferrik galtzeko kontu horiekin. Horregatik eskatzen dizut egunerokoa gozatzeko, nagusia zarenean ez damutzeko.

—Eskerrik asko, zuhaitz! Ez dakit nola eskertu ahal dizudan ni eta nire familiagatik egin duzun guztia! —erantzun zion Tor-kik alai—. Baina zalantza bat daukat: nola ezagutuko ditut nire gurasoak?

—Zu egon zaitez lasai Torki, laister ezagutuko dituzu zure gu-rasoak, uste duzuna baino lehenago. Hori bai, ezin diozu inori hemen gertatutakoaz ezer esan, ezta bi gurari eman dizkizudala, ezta zure guraso biologikoak ezagutuko dituzula. Ez ahaztu zure akordioaren zatia betetzen!

—Noski beteko dudala! Eskerrik asko berriro ere!

Adio esan zion Torkik desiren zuhaitzari eta Ortzidirengana hurbildu zen. Bere laguna oso pozik zegoen eskatutako desira-re-kin: txoriek bezala hegan egiteko ahalmena.

—Baina Ortzidi, nola hegan egin ahal izango duzu txoriek

bezala? Zuk ez daukazu hegorik! —esan zion Torkik Ortzidiri harrituta.

—Ez dakit! Nik nire desira eskatu dut, zuhaitzak ikusiko du nola bete nire guraria. Oso urduri nago! Nola ikusiko da herria zerutik? Eta basoa? Azkar hegan egin ahal izango dut? Ala astiro ibiliko naiz zerutik? —galdetu zuen Ortzidik irrikaz—. Torki, zuk zer eskatu diozu desiren zuhaitzari?

Torkik une horretan gogoratu zuen zuhaitzak esandakoa, inori ez esatea bi gurari emango lizkiokeela.

—Badakizu nire amatxo Tara azkenaldian oso gaixorik egon dela eta ezin izan duela ezer egin. Desiren zuhaitzari bera sendatzeko eskatu diot. Amarekin denbora pasatzeko irrikitan nago, eta ezin dut itxaron bera sendatuta ikustera! —erantzun zion Torkik.

Gau hartan Torkik ezezagun batzuekin amets egin zuen. Familia bat agertzen zen bere ametsetan. Gizon sendo eta garai bat zegoen, begi marroi distiratsu batzuk zituena. Bere ileko kiribil marroi motzek kopeta estaltzen zioten. Bere alboan, ume ia jaioberri bat eusten zuen emakume eder bat zegoen. Ile beltz luzea motots batean batuta zuen, bere aurpegiko oreztak agerian utziz. Familia etxeko patioan zegoen, ume txikia belar gainetik katamarka nola zebilen ikusten. Denak zeuden alai eta barrezka haurtxoak bere lehenengo hitzak esaten saiatzen zen bitartean.

Torkiri umetxoa ezaguna egin zitzaion, lehenago ikusi zuela iruditu zitzaion. Pentsatzen hasi zen. Ez zeukan umearen itxurako lagunik, ezta auzokiderik edo ezagunik. Non ikusi ote zuen Torkik haurtxo hura? Une batez pentsamendu bat etorri zitzaion burura. Eta ume hori Torki bazen? Eta pertsona horiek Torkiren guraso biologikoak baziren? Torkik gizonaren begi marroi distiratsuei erreparatu zien, baita emakumearen ile beltz luzeari ere. Berak ile beltza eta begi marroiak zituela konturatu zen, eta emakumeak zituen oreztak, berari sudurra estaltzen zioten oreztak bezalakoak zirela konturatu zen. Hori ezin zitekeen kasualitate bat izan!

Torki ezusteko batez esnatu zen. Ezin zuen sinetsi amestutakoa! Orain ulertzen zuen desire zuhaitzak nola erakutsiko zizkion bere guraso biologikoekin izandako oroitzapenak. Gauero, amets egitean, bere gurasoen oroitzapenak ikusiko zituen, zineman balego bezala. Honela, apurka-apurka bere guraso biologikoak ezagutuko zituen eta berarekin pasatu zituzten uneak gogoratuko zituen.

Goiz hartan Torki oso pozik esnatu zen, atseden hartuta jaiki zen. Ez zen ondo lo egin zuen bakarra izan. Izan ere, Tara, bere amatxoa askoz hobeto esnatu zen, eta jada ez zen hainbeste zorabiatzen. Ezti harrituta geratu zen Tararen hobetze azkarrarekin.

Gosaldu ondoren, Eztik Torkiri bere desirari buruz galdetu zion. Honek Tara sendatzea eskatu ziola esan zion eta Eztik indartsu besarkatu zuen bere semea, bere bihotz ona eskertuz.

Tara bere onera itzultzen ari zen azkar batean, eta berarekin egoteko denbora berreskuratzeko eta sendatu zela ospatzeko,

zinemara joan ziren. Dena normaltasunera itzuli zen egun gu-txiren buruan. Torkik eta Ortzidik elkarrekin jolasten zuten, eta harriduraz ikusi zuen Ortzidik nola hegan egiten zuen zerutik. Bera ere hori egiteko gai izan nahi zuen, baina une bateko pent-samendua izan zen, Tara berriro osasuntsu ikusteak beste desi-rak gainditzen zituelako. Une horretan Torkik argi izan zuen gu-raririk onena eskatu ziola desiren zuhaitzari. ●

www.bizkaia.eus/argitalpenak

XI Bizkaldatz Txikia

PREMIO LITERARIO
INFANTIL Y JUVENIL

2024-2025

foru aldundia
diputación foral

Organiza: Departamento de Euskera, Cultura y Deporte

Ilustraciones: Janire Orduna
Diseño: Álex Oviedo

Primera edición: Junio 2025

LG BI 640-2025

ISBN 978-84-7752-757-2

www.bizkaia.eus/argitalpenak

XI Bizkaldatz Txikia

PREMIO LITERARIO INFANTIL Y JUVENIL

2024-2025

Verónica Simón

LOS ROSTROS DE LA SELVA

Ilustraciones: **Janire Orduna**

Bizkaia
foru aldundia
diputación foral

XI PREMIO LITERARIO BIZKAIDATZ TXIKIA 2024-2025

———

En la undécima convocatoria del Premio Literario BizkaIdatz Txikia, en su modalidad de relato en CASTELLANO, con un jurado formado por Verónica Simón Pedernales, Seve Calleja Pérez y Andoni Abenójar Martínez de Eulate, decide premiar, como continuación del relato titulado "LOS ROSTROS DE LA SELVA", escrito por Verónica Simón, a los siguientes relatos en cada una de las categorías establecidas en la presente convocatoria:

-Categoría INFANTIL,
alumnado de 3º y 4º de Educación Primaria (Grupo I):
ELENA PELLÓN DE LA FUENTE,
con el relato titulado
"LOS ROSTROS DE LA SELVA. CONTINUACIÓN…".
Centro escolar: CEIP Mendia HLHI (Balmaseda).
Curso 3º Educación Primaria.

-Categoría INFANTIL,
alumnado de 5º y 6º de Educación Primaria (Grupo II):
LOREA CALLEJA RICONDO,
con el relato titulado "LOS ROSTROS DE LA SELVA".
Centro escolar: Iruarteta (Bilbao). Curso 6º Educación Primaria.

-Categoría JUVENIL,
alumnado de 1º y 2º de Educación Secundaria (Grupo III):
MARKEL BILBAO ANDRÉS,
con el relato titulado "LOS ROSTROS DE LA SELVA".
Centro escolar: San Inazio BHI (Bilbao). 2º ESO.

-Categoría JUVENIL,
alumnado de 3º y 4º de Educación Secundaria (Grupo IV):
NADIR BARAINKA EGAÑA,
con el relato titulado "LOS ROSTROS DE LA SELVA".
Centro escolar: BHI Lekeitio Iturriotz (Lekeitio). 4º ESO.

LOS ROSTROS DE LA SELVA

Verónica Simón

Lea y Saskel eran una pareja de aventureros bilbaínos. Como compartían los mismos gustos, iban juntos a todos lados. Les encantaban la naturaleza y la mitología y, aunque ya no eran tan niños, podían pasar horas y horas hablando de dragones y sirenas. En sus mayores aventuras trataban de demostrar que las historias mitológicas y sus personajes eran reales. Como ellos siempre decían: "Todo depende de los ojos con los que se mire". Además, encontraban una moraleja y aprendizaje de cada historia. Ya contaban con encuentros mágicos con *Anbotoko Mari* y *Olentzero*. Gracias a ellos habían aprendido mucho sobre los valores de la honradez, la justicia, la lealtad, la generosidad y el espíritu de la comunidad.

Un día en la biblioteca, Saskel encontró un pasillo que no había visto hasta entonces. "¡Qué raro, si vengo todas las semanas", pensó. Estaba más oscuro que el resto de los espacios y, al dar un paso y adentrarse en él, Saskel sintió un enorme escalofrío. Caminó lento y con miedo, pero la curiosidad era mayor.

De pronto, de una estantería cayó un libro grueso, de cubierta de cuero, muy empolvado y algo grasiento. Lo recogió del suelo con mucho cuidado y mirando a los lados, sin saber si estaba haciendo algo malo, lo abrió.

Sintió una profunda claridad en su interior. Estaba escrito a mano por alguien anónimo. La letra era cursiva y limpia.

—Cuántos años tendrá esta joya. Parece más antiguo que los ordenadores —murmuró.

Era un libro de leyendas mágicas del Amazonas peruano. Parecía que estaban destinados a encontrarse.

Lo tomó y se dispuso a pasar por la ventanilla de la entrada para que le apuntaran el préstamo.

—Me lo llevo, esto tengo que enseñárselo a Lea. ¡¡Va a alucinar!!

Amaia, la bibliotecaria, se bajó las gruesas gafas de pasta que llevaba, retorció el morro y le dijo:

—Saskel, *laztana*, este libro no es de nuestra biblioteca.

Quedaron en un trato entonces: el joven se lo podría llevar, pero cuando terminara de leerlo, lo devolvería para dejarlo en objetos perdidos, por si alguien venía a reclamarlo. Si el dueño o la dueña aparecía antes, le llamarían de inmediato.

Se encontró con Lea en el parque de Doña Casilda, donde solían compartir impresiones sobre sus libros favoritos.

Al comenzar a leer las primeras líneas, se dieron cuenta de que lo escrito en su interior parecía estar dirigido a ellos mismos. Era como si les hablara.

"Los *Bufeos Colorados* son delfines rosados típicos del Amazonas. Su piel es rosa y con forma irregular, parecen enfermos. Al llegar la noche se convierten en personas humanas. Cabello de oro, ojos color cielo y tan altos como los artistas de Hollywood. Al igual que en otros países las sirenas pueden atraer con su canto a marineros desorientados, los *Bufeos* persuaden a hombres y mujeres y se los llevan a lo más profundo del río. Ellos nos enseñan el valor de la cautela. La importancia de ser precavido y de no dejarse engañar por las apariencias."

Siguieron su lectura con la intención de encontrar alguna historia que les ayudara a aprender sobre el respeto hacia la naturaleza. Llevaban ya un tiempo preocupados por cómo los humanos cuidamos nuestro entorno.

"El *Chullachaqui* es un diablillo guardián y protector de la selva. Puede tomar la apariencia de cualquier persona o animal para engañarnos. Suele jugar a adoptar el aspecto de un amigo, o un guía, para llevar a las personas que no respetan la naturaleza a sus profundidades. Allí les da un buen susto para que aprendan la lección."

—Vaya, por lo visto en el Amazonas nada es lo que parece. ¿Sabremos encontrar al *Chullachaqui*?

"Este personaje no consigue transformar su cuerpo por completo. Al final de sus tobillos se puede ver un pie humano y otro como pezuña de cabra o ave". Leyeron.

Lea y Saskel cerraron el libro con los ojos como platos y dijeron al mismo tiempo: ¡Tenemos que conocer al *Chullachaqui*!

Tomaron tres aviones para llegar hasta Iquitos, la ciudad más poblada y de más difícil acceso de la selva peruana. Desde ahí viajaron en una furgoneta hasta un pueblo llamado Nauta y en ese punto se embarcaron en un bote con la firme idea de adentrarse en la jungla e iniciar una nueva investigación. Les esperaban seis horas de viaje.

En tan solo cinco minutos sentados en aquel bote, junto a unas cincuenta personas más, conocieron a un viejecillo, que los miraba con media sonrisa.

Parecía tener muchas respuestas.

—Se presenta el señor Andrés Lucero para servirles. Ustedes, pareja de valientes, pueden llamarme abuelito Lucero, así lo hace todo el mundo. Yo nunca viajo solo, ¿ah? Mi amor es la hamaca que llevo en la mochila. A veces cuando me mece con el viento, cierro los ojos y recuerdo cómo lo hacía mi mamá. Si les puedo dar un consejo… nunca olviden al niño que llevan dentro. Especialmente acá en la selva, podrá darles muchas respuestas. —Guiñó un ojo.

El poco cabello, que le abrazaba la cabeza por detrás, era gris. Mientras hablaba retorcía el abundante vello que asomaba por sus oídos. Creó una liana blanca que colgaba a cada lado de su cabeza.

—Lo hago para que se diviertan los piojos. —Reía muy pillo.

El pelo de la nariz también saludaba desde sus particulares ventanas. Pero ese solo decoraba. No tenía barba, ni bigote, y como su boca estaba vacía, sus encías superiores e inferiores chocaban entre sí, y en sus mejillas se generaba un pequeño surco. De esa forma su puntiaguda nariz llegaba a la altura de su boca.

—Si tengo hambre o mocos, mato dos pájaros de un tiro.

Al señor Lucero se le notaban los huesos. Vestía una vieja camiseta de la selección de fútbol de Perú que le quedaba enorme. Llevaba unos pantalones anchos de camuflaje hasta el suelo atados con una cuerda a la cintura. En los pies, unas desgastadas botas de monte.

Su voz era suave y familiar. En cada frase se percibía un tono místico, y muy vacilón. Recordaba a un arlequín.

—¿Saben? Podrían ser mis nietos. Sus caras me dicen que es su primera vez en el río más caudaloso del mundo. Yo llevo sobre estas aguas incontables años… —El abuelo aparentaba ciento cincuenta, quizá resultado de una dura vida.

—¿Trajeron su pedazo de cuarzo como ofrenda para los *Bufeos Colorados*? Supongo que han oído hablar de ellos. —Antes de que pudieran contestar, añadió—. No se preocupen, siempre llevo algún pedazo encima.

Al adentrarse en el río y la selva, deben llevar su cuarzo y arrojarlo al agua, para brindar respeto a los delfines. Cuentan que habitan en una enorme ciudad submarina hecha con piedras preciosas que recolectan de las ofrendas.

Entonces, se levantó y comenzó a abrirse paso entre la gente y su equipaje. Caminaba con una pronunciada cojera y se tambaleaba con el crujir de la vieja madera de aquella *txalupa*. Le acompañaron e hizo un gesto para que, en silencio, arrojaran su mineral al aire. Lea sintió cierto alivio al hacerlo.

—Ahora su aventura es mucho más segura. Deben saber que hace mucho tiempo unos hombres con sed de fortuna vinieron a la selva a robar la savia de nuestros árboles para fabricar caucho (el material con el que harían los neumáticos). Trataron muy mal a nuestra gente y sus tierras. Aunque esa época ya pasó, como no queremos que se repita, nuestros particulares guardianes, por ejemplo el *Chullachaqui*, —al oír ese nombre de nuevo, se les abrieron los ojos de par en par—, vigilan para que todo siga en orden y no volver a horrores de tiempos pasados. Nosotros bebemos de nuestra tierra, comemos de la riqueza de nuestros suelos y no permitiremos que nos hagan más daño. Aunque veo el corazón puro en ustedes, queridos amigos, observen bien cada paso que dan por acá, ya que, en la selva, nada es lo que parece…

LOS ROSTROS DE LA SELVA. CONTINUACIÓN…

ELENA PELLÓN DE LA FUENTE

El viaje en txalupa hacia el interior de la jungla continuó por el río. Los pasajeros iban observando el paisaje, disfrutando. El Amazonas era un rio enorme, con muchisima agua que iba formando curvas, y todo a su alrededor era de color verde, lleno de plantas y árboles altísimos de los que colgaban lianas. Entre los árboles, algunos monos iban saltando de un lado a otro y algunos perezosos dormían en las ramas. El viaje era lento y largo y algunos pasajeros empezaron a tener hambre. Dos chicos abrieron sus mochilas y sacaron de ellas unos bocadillos envueltos en papel de plástico transparente. Quitaron el envoltorio, hicieron con él una pequeña bola y, en vez de guardarla de nuevo en la mochila, la tiraron al agua. No se dieron ni cuenta de lo grave que era lo que acaban de hacer.

Al viejecillo, que había observado lo que acababa de ocurrir ante sus ojos, se le cambió la cara... ¡cambió hasta de color! Lea y Saskel también lo habían visto y, de repente, recordaron la conversación que habían tenido un poco antes con el anciano, cuando él les había contado lo importante que era cuidar su tierra y protegerla a través de sus guardianes de las cosas malas que algunos humanos pudieran hacer.

De repente, el hombre empezó a transformarse... ¡era pura magia! Sus brazos se convirtieron en alas de avestruz, su cuerpo se cubrió de escamas de camaleón, en su cabeza apareció el cuerno dorado y brillante de un unicornio, su pie derecho se trasformó en la garra de un águila, y el otro pie... el otro pie... Lea y Saskel se miraron.

—¡Es el Chullachaqui!—susurraron alucinados.

Abrió sus grandes alas de avestruz, se levantó del suelo y atrajo a los turistas con una fuerza mágica envolviéndoles en un torbellino de aire. Les sumergió en el Amazonas y llevó a aquella pareja de jóvenes al fondo del océano, bajando hasta el tenebroso agujero azul. Lea y Saskel no querían perderse lo que estaba ocurriendo delante de sus ojos, porque conocer al Chullachaqui era la razón que les había llevado de viaje hasta allí. Así que sin pensarlo dos veces se lanzaron al agua. El abuelito Lucero les había dicho que aquel trocito de cuarzo que habian tirado al agua al comenzar el viaje, les protegería mientras estuvieran en la selva. Y así fue. Al entrar en el agua comprobaron que podían sumergirse y nadar sin peligro.

Nadaron detrás del Chullachaqui y bajaron ellos también hasta el tenebroso agujero azul del que habían oído hablar en muchas ocasiones. Descubrieron un profundo fondo marino, pero no era como ellos esperaban. Se lo habían imaginado mucho más mágico y bonito, pero comprobaron con mucha pena que estaba lleno de botellas y plásticos como el que aquellos chicos acababan de tirar por la borda. El Chullachaqui dio una vuelta alrededor de los chicos y con un gesto rápido hizo que los pies de ambos quedaran enredados entre todos aquellos plásticos y desapareció. No se podían mover. ¡Estaban atrapados! Lea y Saskel habían visto todo desde la distancia y reconocieron lo que acababa de pasar. El Chullachaqui, muy enfadado por lo que aquellos turistas habían hecho, estaba defendiendo la naturaleza y quería darles un susto.

Los jóvenes pataleaban intentando soltarse los pies. Tiraban con toda la fuerza que podían el uno del otro pero no conseguían salir de aquel nudo de plásticos que había hecho el Chullachaqui alrededor de sus piernas. Se miraban con cara de horror.

—¿Qué hacemos? —se preguntaban, pero no sabían cómo salir de allí.

Lea y Saskel vieron la cara de pánico que tenían y pensaron

que debían ayudarles. No parecían malas personas a pesar de todo. Tiraron fuerte de los plásticos para intentar liberarles pero no podían: el Chullachaqui los había atado demasiado fuerte, necesitaban algún objeto con el que poderlos cortar. Entonces recordaron el cuarzo que habían lanzado al agua para brindar respeto a los delfines, y la historia que el Chullachaqui les había contado sobre esa ciudad submarina en la que viven. Fueron nadando hacia ella. Se movían entre peces de colores, arrecifes de coral. ¡Qué bonito! Y de repente se encontraron con un precioso fondo marino repleto de piedras de cuarzo brillante que formaban pirámides de diferentes tamaños.

"¡Parece un palacio de hielo!", pensó Saskel.

Lea cogió un trocito muy afilado.

—Yo creo que con esto podremos cortar los plásticos, Saskel —le dijo.

Y con el cuarzo en la mano volvieron nadando al lugar donde estaba atrapada la pareja de turistas muerta de miedo. Clavando el cuarzo consiguieron poco a poco romper los plásticos y liberar los pies de los chicos y, juntos, volvieron a la superficie del Amazonas, por donde se habían sumergido.

—Muchas gracias por ayudarnos —dijeron los turistas—. ¡Vaya susto! Pensábamos que tendríamos que quedarnos para siempre allí.

—Ha sido increíble. El Chullachaqui es impresionante, un gran protector de la naturaleza. Es importante no hacerlo enfurecer.

La verdad es que no nos dimos cuenta de que un trocito de plástico podía generar ese desastre en la naturaleza. Prometemos cuidarla mucho de ahora en adelante.

Al volver del viaje a Bilbao, Saskel se dirigió a la biblioteca a devolver el libro. Le había cogido tanto cariño que le daba un poco de pena desprenderse de él y se sentó en un banco del parque de Doña Casilda a leerlo por última vez. Al abrirlo, volvió a sentir el resplandor del primer día y comprobó que el libro tenía un capítulo más.

"Esto no estaba antes aquí...", pensó.

El viaje que acababa de hacer junto a Lea, la aventura que acababan de vivir, aparecía como una nueva leyenda mágica del Amazonas al final del libro. Entonces, ¿serían todas aquellas leyendas, vivencias que en algún momento les habían sucedido a otras personas? ¿Y por qué habían sido ellos los elegidos para vivir esa aventura?

Saskel llegó a la biblioteca. Al entrar en la sala vio que Amaia, la bibliotecaria, no estaba sentada en su puesto. Miró a un lado y volvió a ver aquel pasillo oscuro que le había llevado hasta el libro unas semanas atrás. Empezó a caminar por él y decidió que dejaría el libro en el mismo lugar en el que lo encontró. Con un poco de pena lo posó en la estantería, se despidió de él haciéndole una caricia en el lomo y recorrió el pasillo de vuelta. Cuando salió de aquel túnel y entró en la sala principal de la biblioteca, se giró para dar un último vistazo y... ¡sorpresa! ¡El pasillo había desaparecido! Delante de sus narices había una pared cerrada, decorada con un enorme cuadro que tenía pintado un paisaje de la selva.

"Juraría que acabo de salir por aquí", se dijo Saskel.

Se acercó, tocó suave la pared con la palma de la mano, con miedo. No entendía nada. Fue entonces cuando recordó las palabras que el anciano les había dicho durante el viaje en la txalupa. "Queridos amigos, observen bien cada paso que dan, porque acá en la selva, nada es lo que parece".

"Quizá en la ciudad tampoco...", pensó Saskel. "Tengo que contárselo a Lea". ●

LOS ROSTROS DE LA SELVA

LOREA CALLEJA RICONDO

Los aventureros siguieron con su misión. La selva era hermosa, tenía mucha vegetación y todo era muy verde. Bueno, todo excepto las bonitas y coloridas flores que se asomaban entre las hojas. Lea y Saskel, entusiasmados, continuaron su extraordinario viaje por un estrecho sendero. Caminaron durante largo rato. A medida que pasaba el tiempo, iban un poquito más lento que antes y un poquito menos atentos: estaban cansados. Finalmente, Saskel comentó:

—Estoy agotado. Hagamos el campamento aquí.

—Me parece bien —dijo Lea tirando con ganas su pesada mochila al suelo—, llevamos cinco horas caminando. Además, está anocheciendo.

Así que los jóvenes montaron allí el chiringuito, en una parte que dejaba de ser tan estrecha y se hacía mas amplia. También talaron madera para encender una hoguera que les permitiera pasar la noche calentitos y alejar a los bichos que pretendían picarles.

Allí pasaron la noche e hicieron turnos de guardia, no fuese que unos Bufeos Colorados les llevasen dentro del río. Amanecieron y todavía no habían encontrado esos seres tan fantásticos que deseaban ver. Lea, mirando a su compañero, le dijo con descontento:

—Saskel, ¿es normal que no hayamos encontrado nada todavía?

—Sé paciente, hay que fusionarse con el entorno para poder observar los rostros de la selva —respondió Saskel—. Te prometo que los llegaremos a ver si no tenemos tanta prisa.

Así que continuaron su viaje teniendo en cuenta el consejo de Saskel. Como le encantaba leer e ir a la biblioteca, aprendía muchas cosas de la mejor fuente de información: los libros.

—Jóvenes aventureros —escuchó la pareja decir a una extraña silueta que, poco a poco, se acercaba a ellos desde las sombras—, ¿os habéis perdido?

Lea y Saskel se dieron cuenta de un detalle, y Lea dijo sorprendida:

—Tu voz… es la del abuelito Lucero.

—Así es, mozos —respondió—. Soy Andrés Lucero. Dejemos las presentaciones de lado, ya nos conocemos.

Los aventureros le hicieron varias preguntas: ¿Qué haces aquí, abuelito?, ¿cómo así has cambiado de idea sobre lo de venir?, ¿no es muy raro que hayas aparecido de las sombras?, ¿en el barco no nos dijiste que tu viaje con nosotros se acababa allí?, etc. Pero lo que no sabían los chavales era que no se trataba del Lucero de siempre. Era... un rostro de la selva, el Chullachaqui, que había venido a vengarse por matar un árbol para hacer una hoguera.

—Chicos, son demasiadas preguntas, no puedo responder a todas ellas —dijo pensando disimuladamente qué tipo de susto les iba a dar.

Al final del día montaron otro campamento. El primer turno de guardia lo hizo Saskel; el segundo, el falso abuelito; y el terce-ro, Lea. El Chullachaqui se dedicó a trazar un plan en lugar de a vigilar. Cuando llegó el turno de Lea, ya lo había preparado. Sin embargo, la chica vio las patas de Andrés, casi por casualidad, y se dio cuenta de que no era él.

"Es uno de ellos", pensó intrigada y asustada. "Hay que estar atentos no sea que quiera hacernos algo malo. Se lo contaré a Saskel".

Se dirigió hacia su amigo, le despertó y se lo contó. Saskel, al igual que Lea, se quedó asustado, pero se volvió a dormir con la seguridad de que era Lea quien vigilaba.

A la mañana siguiente siguieron la excursión por la selva. Los aventureros estaban más callados de lo habitual. El Chullacha-qui también. ¿Podían haberle descubierto?

El Chullachaqui pasó a la acción sin pensárselo dos veces. El susto que había preparado consistía en hacer como si el abuelito Lucero se muriese y después decir: "Era broma, soy el Chullachaqui y he venido a asustaros por hacer el mal. No volváis a asesinar un árbol o la siguiente vez será peor". El monstruo se tiró al suelo, pero, por suerte, los jóvenes ya se lo esperaban.

—Eh, ya sabemos tu plan —dijo Lea.

—Eso, abuelito Lucero —añadió Saskel—, ¿o debería decir… Chullachaqui?

Al oír esas palabras se quedó boquiabierto. No obstante, sintió respeto por los aventureros.

—Me sorprende bastante que consigáis descubrir mi plan, pero no me voy a enfadar y os dejaré en paz. Es la recompensa por ser unos chavales tan atentos.

Esas fueron las últimas palabras que le escucharon decir al diablo mientras se transformaba de nuevo en su forma original. Luego se marchó.

Después de aquello, se les quitaron las ganas de ver a los Bufeos Colorados. Encontrarse con el Chullachaqui no era tan emocionante como lo habían imaginado, así que no querían más monstruos raros. Discutieron durante largo rato sobre si seguir el viaje, no estaban seguros. Al final, decidieron volver a casa, pero se encontraban en una de las peores situaciones que se podían imaginar: se habían perdido. Se alertaron y se pusieron muy nerviosos, sobre todo Saskel, que era más miedoso que Lea. Montaron el campamento para, a la mañana siguiente, despertar y poder buscar con energía la salida de la selva. Así lo hicieron: habían recuperado sus fuerzas durmiendo mucho. Empezaron a caminar. Iban de un lado para otro buscando posibles salidas.

Mientras avanzaban, sin prisa pero sin pausa, un Bufeo Colorado les observaba desde las sombras. En su reino sumergido le habían mandado al exterior a buscar algo de comida; por eso decidió que, cuando Lea y Saskel consiguiesen salir de la selva, les seguiría. Los chavales pasaron días acampando y despertando, casi una semana buscando salidas. Por suerte, porque se habrían puesto más nerviosos, no sabían que el Bufeo Colorado les seguía.

Un día cualquiera despertaron y buscaron como cualquier otro, pero la diferencia fue que esa vez sí habían encontrado algo: una salida. Era en realidad una valla que si conseguían trepar les llevaría fuera de la selva. Lea y Saskel se alegraron mucho, pero todavía no era una victoria asegurada. El Bufeo seguía su rastro de noche, cuando se convertía en humano. Como el libro contaba, tenía el pelo rubio como el oro, los ojos azules como el cielo y era altísimo. Esto nuestros amigos no lo vieron hasta dentro de un tiempo, pero vosotros ya sabéis que las historias eran ciertas y que no os conviene ir al Amazonas Peruano. Siguiendo con la narración… los aventureros intentaban una y otra vez subir la verja. El problema es que era enorme: medía más de ocho

metros de alto. Al final consiguieron saltar su obstáculo. Era de noche y les costó, pero ayudando mucho el uno a la otra lo consiguieron. El Bufeo, que todavía les perseguía, también subió la valla y se separó de casa, esta vez por un poco de diversión.

Llegaron al aeropuerto. Todavía era de noche. Compraron los billetes y subieron al avión. Las filas de asientos eran de tres personas. Sin saberlo, se sentaron al lado, nada más y nada menos que, del Bufeo Colorado que había estado siguiéndoles.

El Bufeo comenzó a conversar con Lea y usó sus poderes de sirena para convencerla de bajar del avión antes de que despegara y llevársela al río.

A pesar de que Saskel era miedoso, exclamó:

—Hey, sé quién eres y si no me devuelves a mi amiga te vas a enterar.

—¿Y qué me vas a hacer? —respondió la sirena.

En ese momento, Saskel agarró del cuello al Bufeo Colorado y, justo antes de que se cerraran las puertas, lo sacó fuera del avión, dejándole atrás para por fin recuperar a su amiga. Lea le dio a Saskel las gracias por salvarla. Por qué iba a ser si no.

Llegaron a Bilbao a las dos y media de la madrugada. Esa fue la vez que más se alegraron de que sus pies tocasen las baldosas de la ciudad. ●

LOS ROSTROS DE LA SELVA

MARKEL BILBAO ANDRÉS

Tras unas horas en el barco, Lea y Saskel llegaron a la jungla donde repasaron rápidamente todo lo que tenían.

Tras una larga caminata, Lea vio un rincón donde sentarse y allí se dirigieron para descansar.

Lea, que estaba asombrada con el lugar, se preguntaba si esa tierra estaría habitada por alguna tribu. Saskel dijo:

—Creo que la mejor forma que tendremos para encontrar a Chullachaqui es preguntar a alguien, por lo que yo voto por buscar a quien nos pueda ayudar.

Dicho y hecho: Lea y Saskel siguieron su camino por al lado del río en busca de alguna tribu.

El entorno era muy agradable, había muchos tipos de plantas y árboles, todos de un tamaño colosal. En cierto momento, llegaron a lo que parecía una gran pared de piedra de donde caía una gran cascada. Saskel insistió en darse la vuelta y buscar otro camino, pero Lea no quiso. Sospechaba de algo que no acababa de encajar y recordó la frase: *"En la selva no todo es lo que parece"*.

Lea se acercó y tras la cascada descubrió un camino en una cueva. Saskel, sorprendido, siguió a su compañera y encendió su linterna. El camino parecía muy largo y la luz de la salida apenas se veía.

Tras casi media hora, salieron de la cueva y vieron un camino que conduciría a algún lugar habitado. Era un camino de tierra muy bien marcado, así que lo siguieron. Finalmente llegaron a un pueblo donde vieron un cartel en el que había un texto tallado en un idioma desconocido para los aventureros.

Ponía: *Blopue ConizomaA Kaxua*.

Tras un largo rato consiguieron descifrar el texto. Entraron al pueblo y buscaron ayuda de los habitantes, quienes parecían no ser agresivos y entender el idioma de los aventureros. Mientras conversaban, Saskel se sintió incómodo, como si alguien le estuviera vigilando. Giró la cabeza y vio a un chico que le miraba fijamente, pero al volverse de nuevo, ya no estaba, había desaparecido.

Los pueblerinos acogieron a los aventureros y les dieron una cabaña donde dormir.

En la cabaña, Lea le explicó lo hablado con el anciano. Este le dijo que, si querían encontrar al Chullachaqui, debían seguir un camino hacia un antiguo templo y llegar antes de ver la luna llena, y que debían usar una piedra que le había dado a Lea, aunque no le había dicho cómo.

Al día siguiente, Lea y Saskel se despertaron con un ruido que provenía de la plaza del pueblo. Celebraban la fiesta de los guardianes y la protección que les daban. Disfrutaron de ella hasta el mediodía, cuando decidieron poner rumbo al templo, con el mapa que les dio el hombre. Caminaron hasta que llegaron a un gran río que cortaba el camino. Había un puente en muy malas condiciones, por lo que estuvieron pensando durante un largo rato cómo atravesar el río.

De repente, escucharon un ruido que se acercaba hacia donde estaban. Una criatura se asomó de debajo del agua. ¡Era un bufeo! ¡No se lo podían creer! El bufeo dejó a los aventureros que se subieran a él, ya que parecía agradecido por la ofrenda que le habían dejado al inicio de la aventura. Con él, pudieron atravesar el río fácilmente y cuando llegaron a la orilla, Lea acarició la cabeza del bufeo, agradeciéndole por haberlos ayudado.

Tras un largo camino, Saskel escuchó un ruido que venía de un árbol. En este vio un mono que le estaba vigilando, y sintió un escalofrío porque el mono le miraba como lo hizo el chico del pueblo. Al volverse a decirle a Lea lo que había visto, el mono ya no estaba, pero había dejado un rastro. Saskel se acercó y cogió una pezuña de ave, clavada donde había estado el mono. Los dos gritaron: ¡Chullachaqui!, porque habían recordado el defecto de transformación que tenía el guardián. ¡Ahora sabían que realmente existía!

Cuando ya anochecía, pararon en un sitio para acampar. Cenaron lo que habían cogido del banquete. Así se podrían ahorrar la comida enlatada de sus provisiones para más tarde.

Al siguiente día, tras una larga jornada andando, encontraron una subida que llevaba a una montaña dentro de un conjunto de montañas que parecían tapar el camino.

Lea se asustó al ver que el mapa se había mojado y no marcaba esa parte del camino.

—Bueno, aquí hay dos caminos posibles; por suerte, la X del mapa marca que el templo está al norte y el río que hemos atravesado está al sur. El musgo de los árboles sólo crece en el norte, y apuntan al camino de ahí. Así que sigamos.

Y siguieron el sendero hasta llegar a la cima de la montaña. Lea dijo:

—Mira, ¿ese no es el templo del Chullachaqui?

Poco a poco se veía que la luna llena estaba apareciendo, por lo que se apresuraron. Por el camino, Lea sintió un tirón que le hizo caer al suelo, pero no vio a nadie así que siguieron el trayecto. Llegaron al templo, ambos se quedaron asombrados: era enorme. Al no encontrar ninguna puerta, se pasaron un largo tiempo buscándola, hasta que consiguieron encontrar una trampilla oculta en el suelo bajo la pared de lo que parecía la entrada. Ahí encontraron un mapa en el mismo idioma del cartel del pueblo donde explicaba cómo llegar a la "Sala Chullachaqui".

—Jo, qué complicado es esto. No veo algo que nos pueda dar pistas —dijo Lea.

—Tienes razón, pero siento que se nos olvida algo.

Finalmente, Saskel recordó que había que mirarlo de otra manera; y con una gran imaginación descubrió que la pintada, desde una cierta perspectiva, simulaba lo que era el templo y, en la cima, un objeto hacía brillar todo el templo e invocaba al Chullachaqui. La piedra resultaba ser un botón oculto en la pared, pero imposible de alcanzar por una persona bajita, como eran los bilbaínos. Pero después de subirse uno al otro alcanzaron el botón y lo presionaron. Entonces se abrió otra compuerta y subieron, cansados, pero con ansia de llegar al final, una larga distancia en escaleras.

Finalmente llegaron a la sala de Chullachaqui, apurados por si tendrían tiempo suficiente para poner la piedra en el lugar correcto e invocar al Chullachaqui. Cuando Lea estaba para sacar la piedra se enteró de que no la tenía. Supuso que la había perdido cuando se cayó antes de llegar al templo.

—¡Oh, no! ¡No encuentro la piedra!

Estaba muy preocupada y avergonzada ya que sabía que era

culpa suya. Saskel intentó tranquilizarla pero sin éxito. La preocupación de Lea empezó a afectar a Saskel, quien poco a poco empezaba a preocuparse también. Eran alrededor de las 11:50 y no conseguían encontrar la piedra. Habían buscado en cada escalón y mirado por la especie de balcón por el que podían ver el camino por donde habían llegado al templo. Entonces, se sentaron sabiendo que todo su esfuerzo había sido en vano.

—Todo lo que hemos dado para llegar aquí, para nada.

—No es verdad, Lea, mira qué gran aventura hemos vivido, no pienses solo en no haber conseguido el objetivo y disfruta del recorrido que hemos hecho para llegar aquí.

Pero a las 11:55 exactamente, con los dos aventureros sentados en el suelo, el atril donde se debía poner la piedra, se iluminó. Los vascos se levantaron rápidamente para ver el mágico suceso que estaba pasando delante de sus ojos. La luz del atril formó una especie de columna vertical que llegaba hasta el cielo.

Mientras tanto en el pueblo, Kaxua, un anciano en su cabaña estaba sentado junto a una fogata..

"Vaya, la luz del templo se ha encendido", pensó sonriendo el anciano Kaxua, sabiendo que los jóvenes aventureros habían conseguido encontrar e invocar al Chullachaqui. Se sentía orgulloso de haber ayudado a esa pareja a cumplir su objetivo.

En el templo, Lea y Saskel vieron cómo un pequeño ser descendía de lo alto de la luz: era el Chullachaqui. La pareja no se lo podía creer, finalmente habían visto al Chullachaqui, pero Saskel estaba confuso.

—Pero, si no hemos colocado la piedra, ¿por qué has aparecido?

—Yo fui quien os la robó. En los últimos cien años muchos aventureros han venido aquí con malas intenciones y no quería volver a vivirlo. —La voz del Chullachaqui era grave y no parecía propia de dicho ser pequeño. Es más, parecía que la voz estaba en el aire. Lea preguntó:

—Entonces, ¿por qué has aparecido?

—Tras vigilar vuestros pasos, me he dado cuenta de que no habíais destruido los bosques y habíais conseguido llegar hasta aquí con ingenio y trabajo en equipo. Nadie lo ha hecho así antes. Todos venían con la intención de arrebatar todo para su poder.

El guardián se despidió diciendo que debían irse ya que no quería ser visto.

Saskel abrió los ojos. Estaba en el Parque de Doña Casilda con Lea. Ninguno se atrevió a decir ninguna palabra, pero ambos sabían la gran aventura que acababan de vivir y que descansaría en su memoria para toda la vida. Lea se fijó que tenía una marca en el brazo: era la del Chullachaqui. ●

LOS ROSTROS DE LA SELVA

NADIR BARAINKA EGAÑA

El abuelo Lucero continuó su relato mientras el bote avanzaba lentamente por el río Amazonas. Lea y Saskel escuchaban con atención, fascinados por las historias que el anciano compartía. Sus palabras parecían llevarles del mundo real al mágico, y ambos sentían que algo extraordinario estaba a punto de acaecer.

—El Chullachaqui —prosiguió el abuelo Lucero— no es malvado, pero es astuto, pícaro. Sin embargo, siente una lealtad irrevocable a la naturaleza y protege la selva de aquellos que no la respetan. Si ven a alguien que les parece familiar, miren sus pies. Ahí está la clave para saber si se han encontrado al mencionado Chullachaqui. Un pie humano y otro de animal. Es su manera de recordarnos que no todo es lo que parece. Y si lo encuentran, no tengan miedo. Escúchenlo. Él les enseñará algo valioso.

Lea y Saskel se miraron, emocionados. La idea de encontrarse con el Chullachaqui les parecía cada vez más real con las dulces palabras del anciano Lucero. El libro que habían encontrado en la biblioteca no era una simple colección de leyendas; era una invaluable guía: era el sino mismo que les señalaba la dirección por la cual debían proseguir.

Mientras el bote continuaba su trayecto, ora el abuelo Lucero señalaba los árboles gigantes que bordeaban el río, ora las coloridas aves exóticas. De vez en cuando, el anciano les contaba anécdotas de sus viajes, de los espíritus que habitaban la selva de forma casi hipnótica.

—La selva, aunque queramos aparentar ciegos de la cruda realidad, muchas veces nos ha demostrado su gran sabiduría —dijo el abuelo Lucero—. Nos enseña a vivir en armonía, a respetar nuestro entorno, al fin y al cabo. Aquellos que vienen a esta pacífica selva con malas intenciones, aquellos que buscan explotar sus recursos sin pensar en las consecuencias perjudiciales que provocará a todo ser viviente de nuestro querido planeta, siempre encuentran su merecido castigo.

Lea asintió.

—Nosotros solo queremos aprender —dijo—. Queremos entender cómo podemos proteger la naturaleza, cómo podemos vivir sin dañarla.

El abuelo Lucero sonrió, satisfecho del resultado de su plática.

—Esa es la actitud correcta —respondió—. La selva les dará las respuestas que buscan, pero deben estar dispuestos a escuchar. Y recuerden, no todo es lo que parece. Mantengan los ojos bien abiertos. No sean imprudentes.

Después de varias horas de trayecto en barca, llegaron finalmente a un pequeño muelle, perdido en medio de la salvaje selva. El abuelo Lucero les indicó que era el momento de continuar su camino a pie.

—Aquí es donde nos separamos —dijo—. Ha sido un placer inexpresable hablar con ustedes, de verdad os digo. Solo recuerden lo que les he dicho: miren los pies y escuchen con el corazón.

Lea y Saskel agradecieron al anciano por su sabiduría y su compañía. Con una mezcla de emoción y tristeza por la despedida, comenzaron a caminar por el sendero que se adentraba en la densa vegetación. El aire era húmedo, pesado, y los sonidos de la selva, envolventes y armoniosos, creaban un paraíso sublime e inenarrable.

—¿Crees que realmente lo encontraremos? ¿Hallaremos al mismísimo Chullachaqui? —preguntó Saskel, dubitativo.

—No lo sé —respondió Lea—. Pero siento que estamos en el lugar correcto. El libro, el abuelo Lucero... todo parece indicar que la naturaleza nos ha elegido.

Largas horas caminaron siguiendo las indicaciones que el

abuelo Lucero les había dado, deteniéndose periódicamente a descansar y observando su entorno, en busca de alguna señal milagrosa que los guiara hacia el Chullachaqui. No obstante, la selva guardaba celosamente cualquier pista, o tal vez descifrar sus mensajes era demasiado complejo para los dos jóvenes protagonistas; nadie lo sabrá.

Al caer la noche, hicieron un campamento. Encendieron una pequeña fogata y se sentaron juntos, compartiendo sus pensamientos y expectativas. El libro de leyendas estaba abierto frente a ellos, y releían las páginas que hablaban del Chullachaqui, buscando alguna pista que hubieran pasado por alto.

—Mira esto —dijo Saskel, señalando un pasaje—. Dice que el Chullachaqui aparece cuando menos lo esperas y que su presencia se siente antes de verlo. ¿Crees que ya está cerca?

Lea miró a su alrededor, sintiendo un escalofrío. La selva parecía estar observándolos, como si supiera que estaban allí.

—Tal vez —susurró—. Tal vez ya está aquí, Saskel.

En ese momento, escucharon un ruido detrás de ellos. Se giraron rápidamente, pero no vieron nada, solamente la oscura selva y el tintineante brillo de los ojos de los animales nocturnos. Sin embargo, algo había cambiado en el habitual paisaje selvático. El aire era sumamente denso y, el silencio, absoluto. Tal silencio en la selva inquietaría hasta al héroe más valiente que jamás haya podido relatarse.

—¿Qué ha sucedido? —preguntó Saskel, con voz temblorosa.

—No lo sé —respondió Lea—. Pero creo que es hora de que nos preparemos. Tengo el pálpito de que algo va a suceder.

Se levantaron temblorosos, listos para afrontar lo que fuera.

—No teman —dijo una voz profunda y serena—. Han llegado lejos, y la selva los ha traído hasta mí.

Lea y Saskel se miraron. ¿Sería posible? ¿Acaso estaban frente al mismísimo Chullachaqui? Recordando las palabras del abuelo Lucero, ambos bajaron la vista con cautela. Un pie humano. Otro de animal. No había duda.

—Queremos aprender —dijo Lea con voz firme—. Queremos entender la selva, respetarla como tú lo haces.

El Chullachaqui sonrió con complicidad y los invitó a seguirlo. Caminó etéreamente, bailando hermosamente entre los árboles, guiándolos hasta un claro iluminado por la luna. Allí, les mostró cómo leer la naturaleza: el canto de los pájaros, la dirección del viento, las huellas en la tierra. Les habló de la importancia del equilibrio y de la responsabilidad que conllevaba conocer los secretos de la selva.

—La naturaleza no pertenece a nadie —dijo el Chullachaqui—, pero aquellos que la comprenden tienen el deber de protegerla. Ahora que han escuchado, deben decidir: ¿serán guardianes o simples viajeros?

Lea y Saskel comprendieron la magnitud de sus palabras. Decidieron afianzar aún más los vínculos con la naturaleza. No eran simples visitantes, sino aprendices de la sabiduría de la selva.

Cuando la primera luz del alba comenzó a filtrarse entre las hojas, el Chullachaqui se despidió con un último consejo:

—Nunca olviden mirar con el corazón y jamás teman aquello que la selva desea enseñarles.

Luego, desapareció entre la vegetación sin dejar rastro. Lea y Saskel, con el corazón latiendo con fuerza, emprendieron el camino de regreso.

Al llegar al muelle, encontraron al abuelo Lucero esperándolos con una sonrisa sabia.

—Han visto más de lo que muchos podrían en toda una vida —dijo—. Ahora, cuenten lo que han aprendido, queridos míos.

El bote comenzó a alejarse por el río. Y aunque su viaje parecía haber terminado, en realidad, apenas comenzaba. ●

www.bizkaia.eus/argitalpenak